2022 흰뫼시문학 제18집

시간의 뒷모습

박성철 김상환 진경자 유병일
유영희 박영대 소양희 박정임

도서출판
청어

2022 흰뫼시문학 제18집

시간의 뒷모습

박성철 김상환 진경자 유병일
유영희 박영대 소양희 박정임

책머리에

흰뫼를 아는가?

올해도 언택트 시대가 이어졌다. 조금씩 잃어버린 말을 찾고 얼굴을 찾기 위해 우리는 부단히 애를 썼다. 아버지의 당나귀를 찾기 위해 집을 나섰다가 하느님의 왕국을 발견한 사도 바울처럼, 시의 비밀은 길과 집의 사이-경계에 있다. 그 길이라는 집에서 우리는 말과 사물의 이치를 모색하고 앎과 느낌의 방법을 찾아나선다.

게오르그 루카치(G. Lukacs)는 모든 예술의 핵심적 문제로 〈인간적인 것과 형식〉을 지목한다. 이 경우 인간적인 것이란 인간과 삶에 관계되는 모든 인적, 물적 환경을 말하며, 이는 그것을 구체화하고 특수화하는 미적 형식의 문제와 긴밀하게 조응한다. 형식 또한 겉으로 나타나는 모양이나 격식의 측면보다는 '삶 자체를 다시 만들어내는 가능성'을 말한다. 하여 말의 미학과 윤리적 감수성은 우리가 새롭게 추구해야 할 지남指南이다.

그렇다면 새로움은 무엇이고, 또 어떻게 가능한가? 전통과 창조가 바로 그것이다. 우리는 전통에 기반한 말과 사물을 무엇보다 중시한다. 그러나 그 말과 사물을 보다 새롭게 바라보고 창의적으로 수용하는 태도와 방법을 더욱 중시한다. 저마다 다르게 또 같게 말하고 사유하는 우리는 소백, 즉 흰뫼에 그 정신적 뿌리를 두고 있다. 산이 그런 것처럼 물이 그런 것처럼, 이십 년을 한결같이 시를 짓고 음송하며, 시학과 전통사상의 세미나를 가졌다. 인정과 열정이 차고 넘치는 문학 공동체, 흰뫼의 사람들은 지난 여름 이건희컬렉션특별전을 찾아 한국 근·현대미술 대표작들을 함께 즐기며 뜻깊은 시간을 갖기도 했다. 작금에 있어서는 취운재 박성철 시인과 유영희 시인이 나란히 시집을 출간했다. 저마다의 고유한 시와 세계다. 한마음으로 축하드린다.

다시 한 해가 저물어간다.

흰뫼시문학 18집을 내면서 그동안 구절양장 우리가 지나온 이십 년의 발자취는 책 뒤의 연혁이 잘 말해 준다. 흰뫼를 아는가? 우리는 여전히 새로운 꿈과 희망에 부풀어 있다.

2022년 11월

차례

2022 흰뫼시문학 제18집

시간의 뒷모습

박성철 김상환 진경자 유병일
유영희 박영대 소양희 박정임

초대시

훈 2

그들의 것들

[시작노트]

백우선

1953년 전남 광양 출생. 1981년 《현대시학》 시 천료.
1995년 한국일보 신춘문예 동시 당선.
시집 『훈暈』, 동시집 『염소 뿔은 즐겁다』 등.
김구용시문학상 등 수상.

전화 010-9978-8529
이메일 woo-sun777@hanmail.net
주소 (13162) 경기도 성남시 중원구 자혜로 17번길 16.
103동 1306호(은행동, 현대아파트)

훈 2

그의 화살로 내가

몰래 쏘고 쏜 과녁인 나는

고슴도치

전신 심장의 화살투성이

그 끝끝의 깃털로

그의 하늘을

빙빙 돌며 납니다.

* 훈暈: 햇무리·달무리[일훈·월훈]의 무리, 곧 어떤 것에 둘린 빛의 테.

그들의 것들

내 끼니에는 그들의 먹지 못한 끼니가 들어 있다.

내 잠에는 그들의 자지 못한 잠이 들어 있다.

내 쉼에는 그들의 쉬지 못한 쉼이 들어 있다.

내 웃음에는 그들의 웃지 못한 웃음이 들어 있다.

내 안전에는 그들의 접하지 못한 안전이 들어 있다.

내 돈에는 그들의 받지 못한 돈이 들어 있다.

내 숨에는 그들의 쉬지 못한 숨이 들어 있다.

시작노트

제 이름 영문은 WOOSUN인데, 그 뜻은 애일愛日, 그 모습은 햇무리[일훈日暈]입니다. 그래서 저의 해를 향한 마음을 담아 『훈暈』이라는 시를 썼습니다. 이 세상의 모든 사람이나 사물, 가치 중에서도 특히 제가 따르고자 하는, 저에게 해와 같은 대상에 대한 연모를 담아 보았습니다. '그들' 또한 저의 해입니다.

회원시

박성철

다시 길상사에서

마니산에 올라

민조 천부경

평행우주론

마음

마하발리푸람Mahabalipuram

[시작노트]

아호 취운재(翠韻齋)

문단 1977년 《현대시학》등단, 한국문협. 영주문협, 한국시협, 펜 클럽한국본부회원. WAAC / WCP Litt. D(명예문학박사), WAAC 종신회원, 경희문인회, 흰뫼시문학, 도봉문협 회원

저서 『향연』, 『군조』, 『억새풀산조』, 『불협화음 3중주』, 『청춘은 먼날에 지났어도』 (시선집) 외. 『R. 프로스트 사랑의 신념』(논문 평론집), 『위대한 유산』(번역집).

수상 한국문협 우수지부장 표창(김동리 이사장 1986년), 제3 회 경상북도문학상, 제13회 경희문학상, 2008년도 행촌 문화상, 제14회 매월당문학상 대상, WAAC / WCP Poet Laureate(계관시인) 수증

이메일 gomi9712@korea.com

다시 길상사에서

성북동 산 한 골짝에
지지 않는 꽃 길상화
김영한 자야의 무소유의 소유,
법정이여 무소유를 설했는가

대원각, 김영한과 백석 그들의 애련
거대한 소유의 번뇌와 시절인연의 대결장
다 버리고 떠났어도
그대들이 영원히 소유하고 있는 것과 곳

백석이 길상화를
자야는 백석의 시와 사랑을 소유했네
법정이여 그대는 저들의
영원한 사랑과 무소유를 소유했네
길상화와 백석의 시와 순애보 그리고
대원각을 길상사로 참 소유했네

"천억원이 그 사람 시 한 줄만 못하다."*

소유와 무소유로 번뇌 혹은 법열이 전율하는 길상사
참 소유가 무소유인 것을…
솔숲 사이 석양에 눈부시며
그대들 시절인연의 한 생각에 잠겨
발길 떼지 못하네

* 자야 김영한이 백석의 시를 언급한 말.

마니산에 올라
—천제단에서

마니산
언덕길이
멀고 높아라

막대 짚고 짚어
정상에 오르니

천제단 서해 바다
물 한가운데 산山
택산함澤山咸 괘卦로다

군신이 다 함께
천제를 올린 곳
환국의 제천단

민조 천부경

공무극空無極

무궁 하늘

무시일無始一 자궁子宮

아흐 동동

모궁母宮

석삼극析三極

천지인 신神

무허 무진본

아흐 동동

대삼大三

평행우주론

나와 너 우주
존재와 단절
존재하려면 실체가 있어야 한다.
존재하는 존재는 형상과 콘텐츠가 있어야 한다.

그러나 존재에는 단절이 없다
갑자기 사라지고 나타나지 않는 존재 의식
하여 물과 꿈, 하나의 평행우주 의식이
바슐라르의 감성에 부딪친 이미지들로
장자의 꿈속으로 평행 이동한
나비들이 시를 읊으며
너훌너훌 날아다니는
평행우주의 지상은
지금 백로 절기

마음

—의식구현 체계

1

마음의 빈 공간
마음은 무無의 현문玄門이다.
현상과 본질 사이의 바람
보이는 세계와 보이지 않는 세계 사이 출렁다리
하여 마음은 공空, 너와 나의 의식의 현문玄門
음양이 충돌하고 포용하는 의식 구현 체계.

2

마음은 나와 창조신의 생명 통로
마음으로 신과 하나로 사람은 신의 아바타
신의 마음이 사람의 자유로운 의식 운동으로
이 지상과 우리 태양계에 발현한다.
이승과 저승 자연의 연緣 불연을 수繡 놓으며
사랑과 증오 희노애락의 문화를 꽃피우고 떨치는
마음은 사람이 신의 의식을 구현하는 체계다.

마하발리푸람Mahabalipuram
—인디아(첸나이) 시인대회 기행

1

생명의 약동은 무었인가
확신에 찬 고정 관념은
지루한 영혼의 유희 속을 방황하며
무슨 축복을 기다리는 주술인가?
브라만이여 지배계급이여
동방의 한 나그네가 다만 하나,
인디아의 하늘과 땅 사람들 위에 드리운
오래된 카스트 장막을 서글퍼 하노라

2

2003. 9. 3. 간디 기념관
압둘 컬람Abdul Kalam 대통령의 축사
모한J.Mohan 대회장의 환영사
Hon. Doctorate Of Literature(명예문학박사학위) 수여식
참가 세계시인들의 시낭송 후 남인도 문학기행 출발

마하발리푸람 천혜의 골든 비치 도착
동행의 B. D. K 시인과 각 나라 시인들과 함께한
인디아 전통 식단의 저녁 식사

강황 양념 느끼한 이국의 입맛에
못내 접시를 비우고 맥주로 입맛을 씻는다.

식당 건너편은 고요한 인도양 벵갈만
현지인과 기념 촬영하며 맞는 바닷바람
텅 빈 백사장을 D 시인과 만보하며
원시의 정령을 만나
오랜 인디아의 영혼에게 안부를 물어본다.

3

아트만이여 그대 숨결은
얼마나 아득한 세월을 호흡했는가
저 짙푸른 고요의 바닷물결과
야자 수풀 무성한 해변에서
지금도 태초의 바람 그대로
하늘 바다 땅을 배회하며
혼잡한 거리, 갈등 가득 넘치는
사람들의 마음과 신들의 영혼을 멀리 하고
한가로이 무상한 구름과 파도와 노닐고 있는데

4

마하발리푸람
거대한 바위를 쪼아 만든 힌두교 신전과 유적들
고대 신들의 사원에 신을 벗고 경건한 안내를 받는다.
신품을 차린 승려들은 온 날을 촛불 들고
신전의 신들을 섬기며 오늘에 이어왔는가
범신의 축복을 받으려
긴 줄을 선 맨발의 순례객들
어떤 신들인가 우리도 촛불을 받아들고 행렬을 따라서
매끄러운 비단 면사포를 두르고 축복을 받아 보았네.

5

찌는 듯 무더운 인도의 밤
야자수 잎 사이로 달빛, 그 옛날 어느 때
잃어버린 순수 사람의 영혼을 비추고 있구나
엄청난 환상의 길로 통행하는 영혼들이여
수많은 신상과 신전들을 지어 놓고
스스로 제신과 규례의 굴레에 매여
세월과 시대 문명을 잊고 밤을 새는지
기도와 주문을 외는 이들이
태어나 있는 그대로 숭고한 사람의 길을
놓아버린 게 아닌지 묻노라
라빈드라나드 타골이 노래한 우주 자연의 정령

진정한 신인 그대들 자신을 찾는지? …
오늘의 자유로운 영혼의 인디아 시인들은
경건한 마음으로 세계 평화와 형제애를 노래하며
타골의 후예로 거듭난 위대한 시인 정신을
이어 받고 있는데…

시작노트

일모도원日暮途遠

세수 어느 사이 여든을 넘고 보니
인생은 긴 듯 짧기도 해라.
'일모도원' 이제야 시야에 드네.

할 일을 많이 쌓아 두고
제대로 하지 못했네.
사는 일에, 건강에 부대끼며
나이 탓인가 이제야 깨닫는다.

부지런히 하지도 못했지만
하는 데까지 하면 그만일 듯
허둥대며 일을 부여잡거나
책상 앞에 앉아있을 일 아니라
느껴지지만…

끝을 맺지 못해 아쉬운 일과 글들
그리고 무엇보다 시절인연들.

흰뫼의 시우님들과 쌓아온 형설의 탑과
함께해 온 아름다운 날들의 추억 잊지 못하리.
서산으로 기우는 해를 바라보며
문득 지금의 내 모습에 딱 맞는 말이
'일모도원日暮途遠'인가 하네.

회원시

김상환

영남대 대학원 국문과 졸업 (문학박사).
1981년 8월 《월간문학》 신인작품상 시 당선.
1993년 여름호 《문화비평》지에 「한 내면주의자에 대한 비망록적 글쓰기—이가림론」을 발표함으로써 비평활동 시작.
시집 『영혼의 닻』 외 출간.
현재 대구시립동부도서관 시창작 강의 및 대구과정사상연구소에서 A.N.화이트헤드의 문학&철학 사상 연구.

이메일 gdpond@daum.net

왜왜

德萬 아버지는 말씀하셨지요

만 벼랑에 핀 홍매가 말없이 지고 나면 무릎을 펼 수 없어
나이테처럼 방안을 맴돌고 물음은 물가 능수버들 아래 외
로 선 왜가리가 왜왜 보이지 않는지 먼 산 능선이 꿈처럼
다가설 때 두엄과 꽃이 왜 발 아래 함께 놓여 있는지

達蓮 어머니에 대한 궁금은 앵두 하나 없는 밤의 우물가
에서 왔다 몰래 흘린 눈물 이후 나는 단 한 번의 말도 없
는 손을 생각하다 다시는 펼 수 없는 축생의 손가락 산
수유나무 그늘 아래 먹이를 찾는 길고양이처럼 길 잃은
나는 왜 먼동이 튼 아침마다 십이지신상을 돌고 돌며 천
부경을 음송하는지 좀어리연이 왜 낮은 땅 오래된 못에
서 피어나는지 어느 여름 말산의 그 길이 왜 황토빛인지
음지마인지

해맞이공원을 빠져나오다 문득, 사리함이 아름답다는
생각

산정 호수

산정에는 호수가 있다

깊고 푸른 호수가 고요의 빛이라면
고요는 묘지의 소리이거나 소리의 영원이다
영원은 잎이 오므라든 채 겨울을 나는 가침박달
사향노루가 곤히 잠든 호숫가
누군가의 한 생이 저물어간다

밤이 깊으면
십일월에 눈이 온다
빨간 자전거에 꽃이 핀다

그의 봄

우수의 금호강변을 뒷걸음질쳐 걷는다
얼마를 걸으면 집에 가 닿을 수 있을까

바람 불고 버드나무 가지 사이로
까치가 날다

반쯤 핀 매화
비둘기의 하얀 깃털이 새로 돋아나다

은륜 아래 잔물결

순간, 굉음을 울리는 전투기 소리에
금방이라도 꽃눈을 틔울 태세

가지 나무에 걸린 마스크 꽃
그림자가 짧다

얼마나 많은 꽃잎이 피고 지면
그의 봄은 숨이, 노래가 될까

아양 옛 기찻길을 걸으며 그의 슬픔이 질주한다*

겨울이 가고 겨울이 오면 집이 너무 멀다

* '질주하는 슬픔'은 독일의 지휘자이자 피아니스트, 작곡가인 빌헬름 푸르트뱅글러가 〈모차르트 심포니 40번〉을 두고 한 말.

저녁 개암사

절집 마당에 들어서니
백제의 유민 같은 눈이 내린다

내리는 눈발 속에서
토담벽 쪽문을 열고
한 아이가 들어선다

민들레 홀씨처럼 허공에 흩어지는 웃음소리
호랑가시나무가 발톱을 곧추 세운다
처마 끝 풍경이 운다

능가산의 해는 지고 대숲에 기대어 선
빛과 소금의 상형문자
위로 달이 뜬다

개암 같은 저 달

별안瞥眼

해오라비

외발로

잠든 물가

아직

길은 남았다

초저녁

별이 뜨면

별안간 내가 낯설다

유혈목이꽃

입추 지나
엄마 무덤에 핀 꽃,
아니 뱀을 본다
생전 처음 보는 유혈목이꽃이다

이런 연두 이런 주홍의
색과 빛은 어디서 오는가?

머리 위 바람소리 새소리도 잊은 채
꽃을 향해 고개 치켜든 뱀에 취한 시간도 잠시
꽃은 이내 사라지고 없다

한바탕 꿈이었을까

엄마는 길상지지吉祥止止*라 했다
좋은 일은 멈춘 곳에 머문다는 말

고요히 머문 나의 시선, 나의 꽃무덤에
오늘은 꼭꼭 숨은 당신의 머리카락이 보인다

집으로 가는 길
내 마음은 벌써 분주해진다

* 《莊子》 內篇 제4편 〈人間世〉편에 나오는 말.

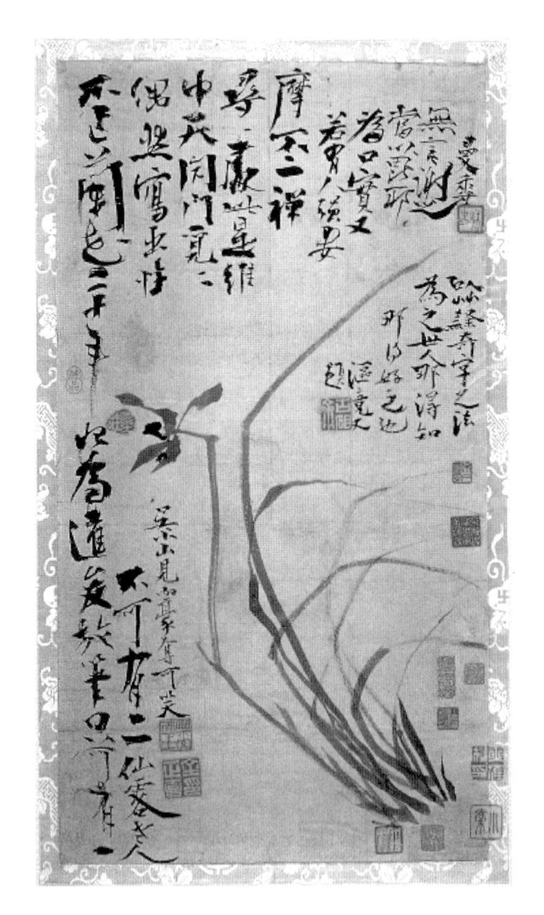

김정희, 「부작란도不作蘭圖」, 종이 바탕에 수묵,
54.9×30.6㎝, 19세기, 개인 소장

'조선의 문인화는 표암 강세황과 현재 심사정에 이어 19세기 추사 김정희에 오게 되면 절정에 달한다. 어떤 기법에 얽매이거나 사물의 세부 묘사에 치중하지 않는 문인화, 그 가운데서도 추사의 세한도歲寒圖와 부작란도不作蘭圖(일명, 불이선란도不二禪蘭圖)는 정수에 해당한다. 후자의 경우 제작 연대는 추사가 오랜 유배 생활에서 돌아와 말년에 부친 묘소가 있는 과천에 은거하며 서화와 선학에 몰두한 시점과 일치한다. '부작'과 '불이'라는 어의에는 일말의 선적禪的인 느낌이 들고 추사 만년의 사유가 깃들어 있다. 부작의 '부'는 흔히 '아니다'와 '없다'의 부정사로 통용되지만, '크다'의 뜻도 있다. 더러는 가능태로서 '아직 피지 않은 꽃봉오리나 꽃망울'을 나타내기도 한다. 부不는 비非와도 친연성이 있다. 비非는 새가 하늘로 날아오르는 '비飛'와 동음인 터이어서 무한한 가능성을 의미한다. 부작의 의미는 언어로서 언어를 벗어난 선의 경지와 맥을 같이 한다. 그것은 마치 말년의 양식이 '현재 속에 거주하지만 묘하게 현재에서 벗어나 있다'는 혹자(에드워드 사이드)의 말과도 통한다. 추사 만년의 서화에는 그림으로서 〈자화상〉과 글씨로서 〈계산무진谿山無盡〉이 있다. 노구의 몸이지만 파란한 삶과 너머를 꿰뚫어 보는 〈자화상〉의 경우 「果老自題」라는 화제("是我亦我 非我亦我 是非之間 無以謂我 나라고 해도 나고 내가 아니라 해도 나다. 나고 나 아닌 사이에 나라고 할 만한 게 없다.")에는 선시의 풍모가 느껴지며, '谿山無盡'이란 서체에는 자의字意도 자의이려거니와, 공간의 미학적 구조가 크게 돋보인다. 통유通儒인 추사의 서화에는 다함이 없다.

작作은 지음이다. 추사는 〈부작난도〉의 제발題跋에서 '난초 그림을 그린다(描蘭畵)'고 하지 않고, 왜 굳이 '그림을 짓는다(作蘭畵)'고 했을까? 밥을 짓고 농사를 짓고 옷을 짓고 시를 짓듯이, 지음은 단순한 창작 수단이나 방법이 아니라 창조와 생명의 차원을 내포한다. 선가에선 이런 작을 두고 상등근기上等根機의 사람이라고 일컫는다. 아닌 게 아니라, 부작은 작의 다른 경지이자 미완의 아름다움이다. 그럼 부작난도의 화제에 해당하는 칠언절구의 한시를 보자.

> 不作蘭花二十年 / 난을 그리지 아니한지 아마 스무 해
> 偶然寫出性中天 / 우연히 그려진 건 내 천성이구나
> 閉門覓覓尋尋處 / 문 닫고 깊이 마음을 밝히니
> 此是維摩不二禪 / 여기가 바로 유마의 불이선일세

작이 필연의 결과라면, 부작은 우연의 산물이다. 부작은 오랜 세월 그리지(또는, 짓지) 않았을 때 불현듯 화

가의 마음속에 솟구치는 꽃대 같은, 아니 감춰진 하늘의 본성(性中天) 같은 것이다. 그림에서 난은 추사의 저간 생을 반영이라도 하듯 부드럽거나 유연하지가 않으며 거칠고 꺾여 있는 모습이다. 바로 그 자리에서 꽃은 피어나고 향기는 발하는 게 아닐까. 이 불이선란에서 화가는 말한다. "蘭 치는 법은 隸書를 쓰는 법과 가깝다. 반드시 文字香과 書卷의 기가 있은 다음에야 제대로 되는 것이다."(추사, 「우아에게 주다與佑兒」, 『완당 전집』 권2) 흉중에서 청고하고 고아한 뜻이 무르녹아 마침내 손끝에서 피어나는 순간이다. 추사 말년의 양식은 청련시경青蓮詩境, 즉 맑고 푸른 연꽃이 한 편의 시를 이루는 경지에 있다. 난蘭과 선禪은 이제 둘이 아니다. 자신이 발 딛고 선 바로 그 자리가 불이不二의 선처禪處라는 사실. 난잎 10개를 그리다 만 것 같은 이 미완의 서화 부작난도에서 우리는 모든 살아있는 것의 묘용妙用을 느낀다. 하여 '부작, 아니 지음, 함이 없는'의 무위의 기법은 상근기 중 상근기에 해당한다. 10이란 수는 모든 것 즉 완성을 뜻한다. 그것은 끝이자 새로운 시작이며, 무극無極과 미토未土의 자리다. 10은 모든 상대성을 초월한 절대 자리이며 중中이다. 이를 암묵적으로 표상하는 게 다름 아닌 하나의 꽃대다. 그렇다면, 하나의 상상과 에너지는 어디서 오는가?

하늘은 하나를 얻어 맑고, 땅은 하나를 얻어 안녕하고, 신은 하나를 얻어 신령스러움을 얻고, 골짜기는 하나를 얻어 가득 차고, 만물은 하나를 얻어 생겨난다.

天得一以淸, 地得一以寧, 谷得一以盈, 萬物得一以生. (노자『도덕경』39장)

『추사난화』의 저자(이성현)는 기왕의 부작난도 제발題跋에서 작作이라 명기한 부분이 실은 正자를 오독한 것이라 한다. 그의 해석과 논리에 따르면, 不作蘭花二十年 난을 그리지 아니한지 아마 스무 해는 不正蘭花二十年, 즉 (법도에 맞지 않는) 엉터리 난 그림과 함께한 지 20년 만에로 수정되어야 한다. 이외에도 사실에 기반한 몇 가지 사례를 통해 그는 예술과 정치 사회적인 맥락을 강조하며, 궁극적으로는 추사가 추구했던 정치-사상의 핵심을 간파하고 있다. 다른 한편으로, 정正이란 말을 '하나(一)'에서 '그친다(止)'는 파자破字로 보게 되면, "일은 곧 전이다. 근원자로서 일즉전에 나를 매어 놓는 것, 그런 상태로 있는 일의 도에 화응하는 것이 정"(우석영, 『낱말의 우주』)인 것이다. 문제는 추사 예술(학)의 본질이 더 이상 작作이나 정正에 있지 않다는 사실이다. 부작이든 부정이든 부(재의 존재)의 사유와 상상력이 보다 강조될 필요가 있다. 1이 10으로, 10이 1로 순환되는 과정적 사고가 부의 (작)용이다. 부는 정에 대한 단순 부정이 아니라 부정의 생성을 통해 보다 큰 긍정에 이르는 또다른 정이다. 부작不作은 불이不二다. 이는 서로 다른 둘을 새롭게 통합하는 지음이다. 추사의 세한도가 유가적인 풍모와 기상을 지니고 있다면, 불이선란도는 불교적이거나 도가적인 느낌이 앞선다. 그 저변에는 추사의 인간적인 고뇌와 절해고도의 삶이 있다. 이는 벼랑 끝에 내몰린 자가 아니면, 문을 닫아걸고 마음을 밝히는 성성적적惺惺寂寂이 없이는 불가능한 정신과 세계를 드러낸다. 그것은 곧 차가운 온기와 원융무애의 차원에 속하며, 추사의 "본질적인 풍경이자 근원적인 경계"(강관식, 「추사 그림의 법고 창신의 묘경–세한도歲寒圖와 불이선란도不二禪蘭圖를 중심으로」)를 말한다. 성과 속, 정과 반, 유와 불/선, 법고와 창신, 그 경계와 이음이 곧 추사의 예술이다. 아름다움은 1이자 10이다. 하나이며 모든 것이다. 모든 것이며 하나인 아름다움은 구체적 보편의 세계이다. 이번에는 (부)작의 갖는 또 다른 의미를 만해의 시를 통해 살펴보기로 하자.

나는 당신의 옷을 다 지어 놓았습니다.
심의도 짓고 도포도 짓고 자리옷도 지었습니다.
짓지 아니한 것은 적은 주머니에 수놓는 것뿐입니다.

그 주머니는 나의 손때가 많이 묻었습니다.

짓다가 놓아두고 짓다가 놓아두고 한 까닭입니다.

다른 사람들은 나의 바느질 솜씨가 없는 줄로 알지마는 그러한 비밀은 나밖에는 아는 사람이 없습니다.

나는 마음이 아프고 쓰린 때에 주머니에 수를 놓으려면 나의 마음은 수놓는 금실을 따라서 바늘구멍으로 들어가고 주머니 속에서 맑은 노래가 나와서 나의 마음이 됩니다.

그러고 아직 이 세상에는 그 주머니에 넣을 만한 무슨 보물이 없습니다.

이 적은 주머니는 짓기 싫어서 짓지 못하는 것이 아니라 짓고 싶어서 다 짓지 않는 것입니다.

–한용운, 「수繡의 비밀」 전문

이 시의 비밀은 (옷의) 수繡에 있다. 심의深衣와 도포, 자리옷, 이 모든 것을 다 지어 놓은 옷 주머니에 마지막 수繡를 놓는 것이다. 주머니의 수는 "짓기 싫어서 짓지 못하는 것이 아니라, 짓고 싶어서 다 짓지 않는 것". 여기서 다 짓지 않고 내버려 두는 것은 부의 상태가 수의 비밀인 데 있다. 부작의 의미는 작의 결핍이나 부재에 있기보다는 존재의 비밀 내지 마음의 깊이에 있다. 이별의 마음이 아프고 한없이 쓰라린 때에 수를 놓게 되면 그 마음은 수놓는 색실을 따라 좁디좁은 바늘구멍으로 들어간다. 주머니 속에는 어느 사이 맑고 고운 사랑의 노래가 새어 나온다. 이보다 더한 마음의 위로가, 치유와 보물이 어디 있으랴. 이 시의 비밀은 "이별의 아픔을 극복하고 승화시킬 때 그 아픔은 세상의 어떤 보물보다 맑고 아름다운 사랑의 노래로 울려 나온다"(김광원, 『님의 침묵과 禪의 세계』)는 사실, 이별이라는 문지방은 꽃이다. "이 세상 어디선가 이별의 꽃은 피어나 우리를 향해 끝없이 꽃가루를 뿌리고 우리는 그 꽃가루를 마시며 산다"(릴케, 「이별의 꽃」). 이 얼마나 황홀한 노래인가! 무처불현無處不玄이라, 언뜻 모순처럼 보이는 것들도 자세히 들여다 보면 현묘하지 않은 게 없다. 부(불)不와 무無, 비非의 쓰임이 그렇다. 인용시에 대한 「십현담주해十玄談註解」를 보자.

[批] 風起花香動 雲收月影移 (바람이 이니 꽃향기가 일어나고, 구름이 걷히니 달그림자가 옮겨진다)

[註] 轉位則迴機隨之 (위位가 올라가면 기틀 돌이킴도 이를 따르나, 한 번 돌이킴에는 정해진 법칙이 없다.)

향기란 꽃에서 오는 게 아니라 바람에서 온다. 선의 세계는 다른 것(곳)에 있다. 선禪은 곧 단순하게(單) 보는(示) 것이다. 이 경우 단순하게 본다는 것은 사물의 본질을 단지 있는 그대로 보는 것이다. 〈산은 산이고 물은 물〉이라는 옛 선사의 말 또한 깨침의 여하에 따라 부정의 생성과 과정으로 파악되기 마련이다. 관법과 심법의 위位가 오르면 오를수록 깊고 오묘한 선의 비밀이다. 여기엔 정해진 법칙도 없고, 오로지 전위轉位와 회기廻機만이 있을 따름이다. 모든 자리와 모든 위치에서 전변 전화하는("사람이 몇 生이나 닦아야 물이 되며 몇 劫이나 轉化해야 金剛에 물이 되나!"-조운, 「구룡폭포」) 게 바로 그것. 한 생각으로 자기 마음의 기틀을 돌리고 돌리는 그것 이외에는 달리 방도가 없다. 선의 요소에는 가지런하지 않은 아름다움, 불균제不均齊의 미학이 있다. 어떤 틀에도 구애받지 않고 뛰어넘는 파격이 있다. 진흙 속에 피어났어도 티끌 하나 묻지 않은 연꽃처럼 선은 자연스러운 것, 간박簡朴한 것이다. 선의 내부인 정적靜寂은 치열하지만 지극히 고요하다. 선의 고고枯高는 가파른 벼랑의 범접할 수 없는 고목의 위엄 같은 것. 선의 유현은 안으로 깊이 간직한 여운과 함축미가 있다. 추사의 문인화와 만해의 시에는 이런 선취禪趣와 선미禪味가 있다. 유현幽玄한 시와 예술에는 사이를 통해 바라보는 시선이 있다. 현담玄談이 있다.

겨울밤, 나의 서재 한켠에는 아직 꽃을 피우지 않은 난이 있다. 하얀 조가비와 몽돌이 놓여 있는 부작의, 난은 내게 맑은 거울(蘭鏡)이자 경계(蘭境)와도 같다. 너무도 투명하여 꽃을 물에 띄우면 모습을 감추어 버린다는 소심란은 맑은 비취색의 꽃으로, 그윽한 향기가 그만이다. 기다림의 꽃은 하나의 잎새마다 세 개의 선이 나 있다. 거기서 삼위일체의 신성을 느낀다. 내가 기쁘거나 흥에 겨울 때, 아프거나 슬플 때 늘상 곁을 내어 주며 마음을 밝혀주는 꽃, 그것은 아름다운 촛불-난촉蘭燭이다. 그 빛으로 창가에 어린 난 그림자를 보며, 오늘 밤 나는 난잎의 가늘고 휘어진 선을 따라 그 끝의 끝에 선다. 거기 누가 나와 함께 춤을 출 것인가. 그리고 추사와 만해가 아니라면 (유인劉因의 말처럼) 그 누가 시간을 알고 북을 쳐 줄 것인가.

회원시

진경자

아호 연정
《문예사조》로 등단(2001)
한국문인협회, 문협 영주지부 회원
고려달빛 회원

이메일 jkj2991@hanmail.net

내 친구는

후드득후드득 빗방울 떨어지는데
발 빠르게 빗 사이를 뚫고
까틀복숭아 한 봉지 주고 간다
울타리 옆에 저절로 달린 건데
농약 한 번 안치고 저절로 큰 건데
때깔이 안 좋아서
못 생겨서 부끄럽지만
너는 이해할 거라며
복사꽃 같은 믿음 전해주고 바삐 간다
몇 개월 전
수십 년의 까칠한 도시살이 접고
신행 들던 그 옛집으로 돌아가
아흔 넘으신 시어머니 보살펴 가며
늘 가슴에 품었던
만학도의 꿈을 활짝 펼치고 있다
딸보다 어린 동급생들과
자칭 왕언니라며
날마다 얼굴엔 미소 가득 피어난다
내 친구는
버선발로 천리를 간다 해도

티끌 하나 묻지 않을

친구 내 친구

갈대

집 앞 개울가에
지천으로 피어난 갈대들을 보면
거친 손끝으로 빗자루를 엮으시던
아버지 생각 절로 납니다

비가 와서 일 못 하시는 날 봉당에서
또는 초저녁 잠 많으시던 아버지
쏟아지는 졸음 날려 보내시느라
곰방대 불 붙여가며 밤늦도록 만드셨지요

손잡이에는 알록달록한 자투리 천으로
예쁘게 수를 놓기도 하셨지요
사랑이라 말은 못 하시고
손끝으로 보여 주신 게지요

그 사랑 어깨 너머로 보았으나
따라가기엔 너무 멉니다
반들반들한 몽당 빗자루가 되어도
깃털 하나 변치 않는 단단한 참사랑

이제

세상 그 어디에도 없음이

생인손 앓듯

가슴 저려 옵니다

휴지 조각

그냥
북북 찢어 조각으로 부서지면
쉽게 버릴 줄 알았네

그러나
살다 보니
그럴 수 없는 덫에 걸렸네

그 무게 너무 커
차마,
단번에 버릴 수 없었네

꼬깃꼬깃 말아 쥐고
몇몇 일을 둘러 봐도
떠나보낼 꽃마차는 오시지 않네

남모르게
가슴 도려내는
또 다른 아픔이었네

비 오는 날 4

바람 끝 서늘한 8월 말
장마철도 아닌데 연일 비가 온다
문득 칙칙한 마음 비우려고
아궁이에 마른 솔가지를 지펴 본다
살갗에 돋은 냉기
활활 타오르는 불 앞에 앉았으니
어린아이 체온 같은 온기로 너그럽다

텃밭에 옥수수 꺾어
잉걸불에 구워 하모니카 불듯 먹는다
구수함이 온몸에 퍼질수록
빈 빨랫줄이 되어가는 옥수수
앙탈 부리며 튕겨 나가는 날 빼고 나면
우리에게 주어진 온전한 날들은
얼마나 남아 있을까

뜨거운 불 속으로 던져질 빈 옥수수

뜨겁게 살다갈 빈 삶

산다는 것 2

그래
내가 말했지
땅 하늘 두엄내 맡으며 살고 싶다고
문 잠글 필요 없는
시골 인심 닮으며 살고 싶다고
매일 따끈한 유정란 보듬으며
금실 좋게 노니는 거위 한 쌍 우러르며
때때로
방충망 기어오르는 청개구리
허연 허벅지살 민망하고 성가시지만
그래도
이른 아침이 되면
누군가 그려놓은 커튼 너머 동양화
날마다 바뀌는 신비
매일
바라보며 기다리며 사는 것

산다는 것 3

밤빛 가득 담았던 창가에
물소리 흘려보내는 개울가에
눈송이 같은 하루가 피어납니다

어제의 등짐 진 채로
동으로 난 직사각 액자
밀도 높은 빈 액자 속
두렵다

노을 지고 어둠 내릴 때쯤
어떤 그림 그려졌을지
또는
어떤 그림 그려야 할지

지퍼처럼 닫히는 시간의 뒷모습
예순여덟 칠월 끝날의 발자국
그저
곱게 새겨졌으면

시작노트

밤공기 신선하다
오래도록 꿈꾸어 오던 전원살이
탁월한 선택이었다
한밤중에라도
문을 열고 한 발 나서 보면
앞마당 잔디밭을 거닐면
발등을 적시는 밤이슬 말을 걸어온다
고요히 달빛 내리는 소리
한참을 듣노라면
묵은 마음 옥양목처럼 하얗게 바래진다
내 작품의 원천이 되었으면 한다

점차 적응해 가는 남편께
감사의 마음 드린다.

회원시

유병일

방아깨비

석죽화

별

낙엽 1

감

낙엽 2

《문예비전》으로 등단(2003)
한국방송통신대학교 행정학과 졸업
국립안동대학교 행정학 석사 및 同 대학원 국어국문학과
석사 과정 수료
시집『이나리강 달맞이꽃』(2019)

이메일 ybi1959@hanmail.net

방아깨비

노을이
풀숲 어디를 데울까 질척대고
풀잎이 몸을 꼿꼿이 세운다
배불뚝이 방아깨비가 분잡하다
선천적으로 울대가 없는 방아깨비
어떤 악기가 될까, 고민이다
풀무치 떼 푸르르 어둑해질 때까지
민가 쪽으로 울었다
대체 무엇을 전하려고 저토록 간절할까
민가의 전등불이 한 집 한 집
천천히 켜지고
이에 놀란 방아깨비
수풀이 바스락 바스락한다

석죽화

이 세상 가장 낮은 곳
태생적으로 낮은 곳을 기어야만 산다
하루를 견뎌내고
내일 밥이 걱정되지만
머지않아 꽃이 된다
신은 그대를 사랑하므로 시험에 들게 하고
천둥 번개가 주는 고문
내 안에 희망 섞인 독백 마저 고갈될 때
비로소 꽃이 되는 운명
무릎으로 긴 시간들아
8월 아침
그대 모란보다 붉어 좋다

별

한때 우상이었다
사람들은
왕관의 무게를 견디라 하지만
별똥이고 싶다
봄날, 제 역할 다한
꽃잎 지듯
지고 싶다

낙엽 1

가슴에 낙엽을 더 쌓아둘 수 없어
오늘 반쯤 태우리라

그칠 줄 모르고
요요搖搖하는 잎

다시 잎은 요요寥寥
가을은 그렇게 가고

나, 그 잎들
차곡차곡 밟는다

감

산꽃 다 졌다고
뭐 볼 게 없으니, 일행은 그만 내려가자고 한다
다른 일행은 이왕 올라온 김에
진 꽃이라도 보고 가자 한다

꽃은 다 지고
산감나무에 가을이 꼭 박혔다

가을이 무거워 누구도 못 땄다

낙엽 2

허락 없이 어디로 떨어질 거냐 묻지 마오
이미 쏟을 열정 세상에 쏟고 가오
곧 목적지 없는 겨울이 기다린다오
가을날, 붉은 문신을 내기 위해 긴 줄을 섰던 그때처럼
이제 긴 줄을 선택할 시간이오

세상에서는 나비를 꿈꾸었다오
추락해도 날개가 있는

첫눈 오면
비문碑文에
"홍시처럼 살고 갔다"라고 적어 주오

회원시

유영희

《문예비전》으로 등단
한국문협, 한국미협 회원
경북 PEN, 고려달빛 회원
시집 『적막 위에 핀 바람꽃』 출간

이메일 yyy518@hanmail.net

생명

현대판 무녀
글쎄
프로젝트
버겁다
바위
소나무
물 흐르는 소리
생명이다
태고적 존재
무아지경

삶

마음사치근심곤란과정숙제
딛고서야
저마다의지력우주소식요청
울림이없으면만나도만난것이
아닌
살아도산것이아니듯

등골

서성이다
먹는다
웃고 있다
오한이다
저절로 다닥인다
등골이 오싹하다
눈감으면
군상들이
입원실
다시 눈을 뜬다

뭐가 이토록

물폭탄
수상스키
동영상
창틈으로
매섭다
비대면
생각에도
거리두기
상처
번지르르한
무심

함께하다

맑은바람
달
구름
보고
듣고
느끼고
받아들이며
어울린다
분신
누구와 함께

초점

무표정
기다리지 않는다
식사후
샤워
프로그램
간식
원하는 것
없다
작정한 듯
별도리 없음을
생각없이
멍하니
전화벨소리
뛴다

지금

여기서
무얼하는가
늘
현존하는
누군가
조정
균형
그것도 아닌데
예술
조금씩
어슴푸레
시간이 흐르면
잠재
놀랍다

일깨워 보내니

한풀꺾인 변화

작은희망

활성물질일시정지

습관의폭력 사뿐히

성찰재치분별

난제 막막한 여정

뛰쳐나간

관통

생활은 가물다

빈 마음

울림
활기
신선
듣기
침묵
내면
소리
깨우기
비우기 위해
침묵을 익히다
꺾이는 소리
흰 눈에
수척하다

밸런스

적절한

신비

지상

지하

영혼 호출

언제쯤

우—웅

산이 운다

시작노트

무슨 영화를 보겠다고
[오징어 게임]
볼까
[수리남]을 보는 게
궁금하다
[미나리]를 보고 싶다
몸이 아프다
마음도 아프네
목디스크 통증으로
척추협착증으로
쉬기로 하고 본
영화
세 편의 영화를 보니.
엄마, 엄마 하기가 너무 힘들어 엄마

회원시

박영대

지켜내자, 그 혼

천제단 7광구

영등포 왜곡

껍질 속의 믿음

두 번째 출렁이는 바다

진달래 한 대목

[시작노트]

한국문인협회 회원
한국현대시인협회 상임이사
WAAC. Dotor of Liternature
한국민족문학상
연암문학예술상
고려달빛문학상
천등문학상
아리산방 티스토리 운영

이메일 ariaripark@hanmail.net

지켜내자, 그 혼
—7광구의 심장소리

2028년이 달려온다
붉은 망태 둘러매고 달려온다

바퀴로 한나절
날개로 날면 한 시간
좁은 국토가 천추의 한이었다
꿰에 빠진 날랜 파도의 초침 소리
시한의 속임수 저벅저벅 다가온다

혼으로 부른 이어도 아리랑
일찌감치 곳간의 입 다문 깊숙한 유산
후손 먹여 살릴 생각에 삼가고 아껴왔다

지켜야 한다
이순신 장군 불러다가 지켜야 한다
틈을 노리는 이리떼 찢어진 눈
날고기 기름 냄새 맡고 몰려든다

배를 띄우자
큰 배를 띄우자
누구도 넘보지 못할 큰 쇠배를 띄우자
우리 땅 우리 바다 우리 하늘 싣고 가서
만석궁 바다 들판 우리 7광구
그 바다 창창한 심장 위에 학익진을 펼치자

한다면 끝까지 하고 마는 태극 손기술
핀다면 기어이 피고 마는 무궁화 기운

7광구 지킬
태극장군을 찾아내자

우리 모두 뛰쳐나가
충무공의 부하가 되자

이순신 장군의 부하가 되자

천제단 7광구

생신상 4361번째
단군 할아버지, 이번만은 저희가 지킵니다
당신이 짊은 개천의 땅 한반도
백두대간 허리 이어진 바닷속까지

솟으면 명산이요
흐르면 곡수인줄
미리 점지한 천부삼인
그 은혜 누리며 살았습니다, 지금까지

수천년이 물을 따라 흐르고
누천년이 산을 넘어도
가슴으로 품어준 가없는 음덕
단군 할아버지 긴 눈썹 눈썹미까지

지지리 못난 탐욕 무리
하늘 무서운지 모르고 덤비다가
그리 혼쭐나 당하고도 아직도 아둔한
바다 끝 모서리 크다만 섬나라

금수강산이 전부인 줄 알았는데
미처 알지 못했던 바다 밑에 숨겨둔 선물 7광구
고기 기르는 밭인 줄 알았는데
이제사 속뜻을 알아차립니다

할아버지의 자손들 다 함께 지켜
바닷속에 묻어두신 선물 상자를 풀어
생신상 맨 앞줄에 산유국 7광구 진설하고
천제단 앞에 줄지어 절을 올립니다

영등포 왜곡

위장한 03번 마을버스가 가로수 등 뒤로 숨바꼭질하는 굽은 길
잎이 진 플라타너스 새집에는 어중간한 표정들이 세 들어 산다
토요일 경마장 긴 줄에 늘어선 한탕을 믿는 눈치들
한 주를 만회할 그때만은 재수생보다 성적 순위에 민감하다
몸통만 남기고 잘린 겨울 채비가 한껏 부푼 외출 중이다
한 달 간의 대가에 만족 못하는 5번 출구 어중간한 신발들
그곳이 그곳을 벗어나지 못하는 쳇바퀴 도는 활동반경
노트북을 노트라고 연필을 준비하는 현실적 시대착오
눈치 빠른 철새들은 강남으로 다 빠져나가고
어중간 알량들만 청과 시장에서 팔도 사투리를 씨부리고 있다
넓은 잎으로 가려왔던 부끄러움이 숨길 수 없는 흔적으로
묵직하게 아문 이력이 곳곳에 남아 팔다리가 울퉁불퉁하다
막 살아온 그늘에 고향도 없이 던져진 그녀는
누구랑 함께 겨울나들이를 나갈까
눈에 거슬릴 것도 없는 흉터는 사는 데 아무 지장 없는데
성형외과 앞에서 구차하게 머뭇거린다

무엇을 그렇게 힘들게 갈구하는 것이냐
하늘 향해 팔 벌린 어중간한 모습으로

껍질 속의 믿음

오늘도 껍질을 믿는다

의심으로 시작하는 하루 일과
눈이 닿지 않는 곳은 모두 의심하고
대륙을 돌아온 철새의 행적을 의심하고
웃고 있는 메뉴판을 의심하고
무백신 접근을 의심하고
걸려온 전화번호를 의심하고

다행히
껍질은 의심을 숨기지 않는다는 의심은
아직 깨지지 않았다

식물성 껍질을 믿는 것처럼
내일도 믿고 싶다

너에게 다가가고 싶은 경고선

두 번째 출렁이는 바다

한결같은 웃음기를 걷어내고 짠맛 같은 너의 어제를 건져내야 할 시간
가깝게 눈을 맞추고 말 건네고 싶어 조급해진 노을빛
꿈틀대는 몸짓을 도외시하고 크게 출렁이는 걸 알아차리기에는 쉬운 일이 아니다
바다가 두 번째 출렁이기를 기다린 적이 있다

정신줄을 빠뜨리고 절반을 포기하려 했을 때 어렴풋이 떠오른…
그렇지, 썰물을 기다려 개펄의 회복을 찾아
차분했으면 절반은 싱싱한 기억으로 절약할 수 있었을 텐데
왔다간 줄 모르는 첫 번째 파도를 놓치고 다음 파수를 기다리며
낯선 모성이 품어주기를 고대하고 있었다

바다를 사서 먹고 사는 사람과 바다를 파먹고 사는 사람은 같은 신발을 신지 않는다
그녀의 한 달을 생리 기억하고 그에 맞추는 대화는 따라갈 수 없는 한계다
글로 읽은 바다가 몸으로 배어나기까지 어쩔 수 없는 간만의 차이는 뒤축 닳은 신발이 안다

첫 번째 출렁이는 시간은 3시 48분이었는데… 이미 늦은 그녀의 아침을 찾아가 본다
연인 차림의 동트는 해조는 요동치는 붉은 갈매기의 먹이 다툼이었다

두 번째 바다는 갯벌 묻은 옷차림으로 물때를 가르치고 있었다

진달래 한 대목

바람이 다가와 가시나들 닿을락 말락
뒷줄 큰 키에 긴 머리 양 갈래 꽃리본 달고
산으로 강으로 집에만 있을 수 없다고
초사흘 앳된 봄을 눈짓으로 불러낸다
무더기로 몰려다니는 개나리 벚꽃 그런 애들 말고 혼자일 때
가만히 날아와
전화번호 놓고 가는 운동화 가방 속 볼펜까지 길쭉한 손가락은
누굴 닮았나
양지 곁에 돋아나 재잘거리는 핸드폰 케이스는 몇 번째 수다
때깔 맞춰 손지갑 안에 넣어둔 불긋 대문 밖으로 달려 나가
모퉁이 솟을담 뒤에 부끄럼 딛고 서서 까치발 들고 숨죽이고
있다
겹겹 행색이 주고 간 풍경에서 블랙톤 솎아낸 홑 구름
저만 모르는 소문 와이파이 비밀번호처럼 헤픈

디자인도 컬러도 반은 너 생각으로 입고
또 너의 반으로 나머지 채우다가
화들짝 남보다 먼저 얼굴 붉히는 고백

그러지 말아야겠다고 속으로 다짐하지만 뜻대로 안 되고
아무리 하려 해도 맘대로 되지 않는 연분홍 조바심

시작노트

입을 봉하고 나들이가 제한된 유사 이래
사계절 중 사라진 계절은 누구일까?
말을 닫아버린 이 시대를 흘러간 강물은 기억이나 할까

못 보면 큰 일이나 날 것 같은 호들갑도
지나고 나니까 내 자발이었음을 입안에서 굴러다닌다

창으로 감나무 잎이 붉게 소용돌이치며
낙하하는 말

'나는 시간으로 간다'

회원시

소양희

아포리즘, 대나무

비빔밥

생강꽃

봄을 낳는 2월

가로수길 풍경

꽃불

가을이 껌을 씹는다

공감 예술원 고문
서미예협회 이사
한국현대시인협회 이사
신인문학상
언론문학대싱
시인문학대상

이메일 lovesoyh@hanmail.net

아포리즘, 대나무

줄기도 잎도 꽃도
검은 대나무

비움과 채움을
번갈아 가며
기도를 올린다

비우는 날의 기도는 포만(飽滿)
채우는 날의 기도는 허기(虛飢)

대빗자루 만들어
마음속 먼지까지 쓸어주신
아버지 마당에 섰다

비빔밥

햇빛 달빛 별빛
천지 아우르며
진심의 광장으로 모여든다

우주 양푼에
용서와 화해의 나물 넣고
그대 고소한 양념까지 넣어

나라와 나라를 비비고
남과 북을 비비고
너와 나를 비벼 하나가 된다

생강꽃

어둠 개켜 얹고
소소리 바람과
불암산 오르면

가지마다 매달린
황금빛 색실타래
방울방울 웃음꽃 피운다

시끌벅적 수다 한 지게
모락모락 생강향 한 소쿠리
꿀꺽꿀꺽 약수 한 바가지

냉냉한 가슴
찬 기운 몰아내고
따끈따끈 이웃 펼친다

봄을 낳는 2월

새 아기
가슴에 품은
2월의 미소여

추위로 수척해진
모든 기억을
향기로 피워내며

만삭의 몸으로
나폴대는 미소
나비 옷자락 펼쳐

꽃을 피우고
초록으로 일어선
해산의 숭고함이여

3월 아기씨
햇살과 입맞추며
웃음으로 터진다

가로수길 풍경

바람이
창틈으로 얼굴 들이미니
햇살이
문 열고 들어온다

밤새 내린 단비
키만큼 마시고
긴 팔뚝을 하늘로 뻗어
햇살 가슴 펼친다

바삐 오가는
사람들 틈새로 들어온
지워지지 않는
한 폭의 걸작품

한 손은 책을 보며
휠체어에 앉은 할머니를
조심조심 밀고 가는
참으로 빼어난 아가씨

꽃불

짙은 향기에 이끌려
날아오른 고려산

진달래꽃 향연,
감탄과 함성이
절로 터진다

산기슭마다
쏟아내는 웃음소리
꽃가슴 설레임으로
넘쳐나는 기쁨

하늘 종다리
지지배배
불났다고
불났다고
지지배배

더덩실 내 사랑도
꽃불로 타오르고 있었네

가을이 껌을 씹는다

희미한 골목길,
고장 난 전등보다 더 깜박이며
찢어진 잎새가 헤매고 있다

까맣게 속이 탄 냄비마다
어질머리 일어
가슴앓이로 아등바등이다

"할머니 괜찮으세요"하며
식탁에 껌 한 통 놓고 간다

햇살 여문 언어들이
창밖에 앉은 바람을 밀면

봄을 그리며, 달달한
손자 맛으로 다시 일어선다

회원시

박정임

무중력지대

링거

콩나물국

소나기숲

문고리

나팔꽃

[시작노트]

중앙대학교 미래교육원 시낭송지도교수
(사)가교문학 시낭송회장
전국시낭송대회 심사위원
시집 『엄마의 우물』 출간

이메일 jungim1102@hanmail.net

무중력지대

색들의 향울림으로 물들어가는 지구에서
단풍잎 인공위성을 타고
은하수를 건너
맘껏 한껏 힘껏 우주정거장에 도착입니다

우리 모두
가슴엔 듯 눈엔 듯*
만난 듯합니다

휘파람 소리 만큼이나 푸르던 나날들이
어느새
하늘 한모퉁이에 단풍빛 시로
말갛게 눈물샘 파 놓고

두 손 오무려
찰방찰방 하루하루를
퍼올립니다

* 김영랑 시 「동백잎에 빛나는 마음」 일절.

링거

달릴수록 멀어지는 거리

긴 여정 끝에
초록 잎새 같이 빛나는
한 방울 한 방울의 반짝임은

다음 생에
흘릴 눈물을
주르륵 앞당겨

삶으로 이어가는
순간 순간을 꿰어 만든
눈물 방울들의 보석

콩나물국

새까만 보자기 둘러싸고

햇빛 한 점도 없는
콩시리게 찬물 흐르는 시공간 속에서도 통통히 살아살아

드디어는 펄펄 끓여 온몸을 우려낸
누군가의 속울음맛

오늘도 어딘가에서
눈물 훅훅 불며 마시는
맛있는 마음의 시간

소나기숲

하늘에서는 혜성이 쏟아지는데

어떻게 사뿐히 내릴 수가 있을까

잘못 꿰어진 단추를
얼른 다시 갈아끼우듯

토닥토닥
다함께 손잡고 힘차게 씻어내릴 준비를 하자

한 줄기 한 줄기 모여
쏟아지는 혓바닥,

그 숲속에서

문고리

하늘 톡톡 건드려서
땅에서 구름 위로 열어줄래

문밖에서 문안에서
한뼘 거리
떨리는 입맞춤

눈 감아 보고
귀 막아 듣고

하나의 문
뜨거운 어울림

나팔꽃

또로롱 꽃망울
보랏빛 종소리

끊어질 듯 이어지다가
꼬일 듯 풀어진다

높다랗게 오르다가
깊다랗게 스며든다

말갛게 웃다가
까맣게 타들어간다

한 송이에서 백 송이
백 송이에서
다시 한 송이

시작노트

2022년은
유난히도
산으로 가는 배처럼,
바다로 가는 나무꾼처럼,
멍 때려야
좋은 시를 쓰는 시인으로 시낭송가로 견딜 수 있을 때가 있었다.
퍽도 올해에는,
미당 시인님 107주년을 맞아 봉산산방에서
공감시낭송 예술제를 개최하고,
과학책방 [갈다]에서 개최한 예띠 모임에 초대 시인으로 참석하고,
무중력 지대에서 청년들이 개최한 시인과의 대화에
초대 시인으로 참여하고,
중앙대학교 미래교육원 시낭송지도자 과정 특강 교수진으로
활동하게 되었다.
이 모두가 흰뫼시문학회의 든든한 응원의 버팀목 덕분임을 알기에,
이 한 권의 동인지에 단풍 같은 감사로 물들여가는 시를 쓰고 싶어
원고 마감 날까지 발버둥 발버둥…

흰뫼시문학회

흰뫼시문학회 회칙

제1장 총칙

제1조(명칭) 본회는 흰뫼시문학회라 칭한다.

제2조(사무소) 본회 사무소는 영주시에 둔다.

제3조(목적) 본회는 문인으로서 시인의 자질을 함양하며 회원 상호간의 협조와 친목을 도모하고 문학 활동을 통한 지역사회 문화 발전과 한국문학의 발전에 기여함을 목적으로 한다.

제4조(목적 사업) 본회는 제3조의 목적을 달성하기 위하여 다음의 사업을 시행한다.

1. 회원의 권익 신장에 관한 사업
2. 시낭송. 연구발표. 시문학 세미나 개최
3. 동인문예지 발행 및 출판사업
4. 지역과 중앙문단과의 교류
5. 기타 본회 발전을 위한 사업

제2장 회의 구성 및 직무

제5조(회원의 자격과 회의 구성) 본회 회원은 중앙문예지나 신춘문예로 데뷔한 시인들과 추천 문인들로 회를 구성한다.

제6조(임원) 본회 임원은 회장 1인, 부회장 1인, 사무국장 1인으로 구성한다.

제7조(임원의 임기) 본회의 임원의 임기는 2년으로 하고 연임 할 수 있다.

제8조(회장) 회장은 본회를 대표하며 본회 회무를 총괄한다.

제9조(사무국장) 사무국장은 회장을 보좌하여 회무 전반을 처리한다.

제10조 본회는 필요에 따라 고문과 감사를 둘 수 있다.

제3장 회의

제11조 회의는 정기총회, 임시총회, 임원회로 구분한다.

제12조(정기총회) 정기총회는 매년 3월에 회장이 소집하며 회원 과반수 이상의 참석으로 성립하고 총회 의결은 출석회원 과반수의 찬성으로 가결한다. 가부 동수인 경우 회장이 결정하고 아래의 사항을 의결한다.

1. 임원 선출
2. 예산 및 결산 승인
3. 신년도 사업계획의 승인
4. 회칙개정 신입회원 인준
5. 기타사항

제13조(정기회) 정기회는 정관에서 정한 달에 회합을 가지며 정해진 회의, 시낭송 및 세미나를 갖는다.

제14조(임원회) 임원회는 제6조의 임원으로 구성하며 총회의 위임 사항과 회무 집행에 필요한 사항을 의논 결정한다.

제4장 선거

제15조 회장, 부회장, 감사는 총회에서 선출하고 사무국장은 회장이 임명하여 총회에 보고한다.

제16조 고문은 필요에 따라 임원회에서 추대하여 총회에서 인준을 받는다.

제5장 재정

제17조 본회의 회계연도는 매년 1월 1일부터 같은 해 12월 31까지로 한다.

본회의 경비는 입회비 10만원, 연회비 10만원, 특별회비, 광고비, 후원(찬조)금 및 기타 수입으로 한다.

제6장 상벌

제18조 본회에 공이 있는 회원에게는 총회의 결의로 다음의 포상을 할 수 있다.

1. 공로패: 본회의 운영과 발전에 공적이 큰 회원.
2. 기념패: 회원의 등단, 작품집 발간시(1회에 한한다).
3. 감사패: 본회의 발전에 크게 이바지한 외부인.

제19조(제명) 다음의 경우에 한하며 총회에서 가부를 결

정한다.

1. 회지에 작품을 2년 이상 발표하지 않은 회원.
2. 회비를 1년 이상 납부하지 않은 회원.
3. 1년 이상 이유 없이 회의 각종 회합에 참석하지 않은 회원.

제7장 부칙

제20조 본 회칙에 명기되지 않은 사항은 일반관례에 준한다.

제21조 본 회칙은 개정 공포한 날로부터 시행한다.

흰뫼시문학회 연혁

1999년	10월 3일	발기인 총회 및 창립총회. 창립회장 박성철. 총무 이은희 선출 (본회 명칭: 구곡시문학회).
2000년	11월 3일	동인지 창간 준비호 소식지 발간.
	11월 30일	제1회 시낭송회(영주호텔 커피숍).
	12월 30일	제2회 시낭송회(가마터 찻집).
2001년	1월 27일	제3회 시낭송회(문카페).
	2월 23일	제4회 월례회 및 합평회(문카페).
	3월 31일	제5회 월례회 및 합평회(문카페).
	4월 28일	제6회 월례회 및 합평회(이수산나 회원 자택).
	5월 26일	제7회 월례회 및 합평회(희방 식당).
	6월 30일	제8회 월례회 및 합평회(가마터 찻집).
	8월 4일	제9회 월례회 및 합평회(무섬 마을 해우당).
	9월 1일	제10회 월례회 및 합평회(순흥 초암사 죽계1곡).
	10월 6일	제11회 월례회 및 합평회(애너밸리).
	12월 1일	동인지 『동행』 창간. 제12회 월례회 및 합평회(아르뫼).
2002년	1월 5일	제13회 월례회 및 합평회 (아르뫼. 소설가 이정섭 선생 참석).
	2월 2일	제14회 월례회 및 합평회(아르뫼).
	3월 9일	제15회 월례회 및 합평회, 시낭송, 척사대회 (풍기 한방삼계탕).
	4월 6일	제16회 월례회 및 합평회, 시낭송회(아르뫼).
	5월 4일	제17회 월례회 및 합평회(아르뫼).
	6월 1일	제18회 월례회 및 합평회(아르뫼).

	7월 6일	제19회 월례회 및 합평회(아르뫼).
	8월 3일	제20회 월례회 및 합평회(아르뫼).
	9월 7일	취운재문학관 개관(구 문수초등학교 내). 구곡시문학동인지 제2집 『까치노을』 발간.
	12월 7일	제21회 월례회 및 합평회(딕시랜드).
2003년	1월 4일	제22회 월례회 및 합평회(딕시랜드).
	2월 8일	제23회 월례회 및 합평회, 박찬선 시인(경북문협지회장) 초청 문학강연. 척사대회(서부냉면).
	3월 8일	제24회 월례회 및 합평회(아르뫼).
	4월 12일	제25회 월례회 및 합평회(아르뫼).
	5월 4일	문학기행(영월 난고 김병연 유적지).
	6월 7일	제26회 월례회 및 합평회(취운재문학관).
	7월 5일	제27회 월례회 및 합평회(취운재문학관).
	8월 2일	제28회 월례회 및 합평회(아르뫼).
	12월 4일	정기총회 및 회장 이취임식(풍기 인천식당).
2004년	3월 15일	흰뫼시문학회 창립(회장 차주성. 총무 유병일).
	10월 30일	흰뫼시문학 동인지 『이나리 강에 학이 외발로 서 있다』 창간.
2005년	11월 20일	동인지 제2집 『그때 딱 한 번 본 것』 발간.
2006년	12월 20일	동인지 제3집 『잔 속에 山 그리메 잠겼으니』 발간.
2007년	12월 10일	동인지 제4집 『존재의 이유』 발간.
2008년	12월 30일	동인지 제5집 『늦가을 햇살이 허공에』 발간.
2009년	12월 15일	동인지 제6집 『허공을 떠가는 바람 한 점』 발간.
	12월 25일	총회 임원 개선(회장 유병일, 총무 유영희).
2010년	12월 15일	동인지 제7집 『곡두생각』 발간.
2011년	12월 15일	동인지 제8집 『빈혈의 꽃짐』 발간.

2012년	6월 21일	세미나 주제발표 [천부경] (박성철). 아리산방.
2013년	8월 6일	세미나 주제발표 [이미지의 안과 밖] (김상환). 아리산방.
	11월 2일	세미나 주제발표 [도덕경] (박성철). 아리산방, 소백산 마구령 탐방.
	12월 15일	동인지 제9집 『자작나무에서 배우다』 발간.
2014년	5월 10일	세미나 주제발표 [시적 형상화 작업에 있어서의 객관적 상관물] (박성철).
	12월 15일	동인지 제10집 『감꽃 향기』 발간.
2015년	2월 28일	총회 임원 개선(회장 박영대. 총무 유영희).
	4월 28일	세미나 및 추상 정신과 숭고미전 관람 (김환기 미술관, 서울).
	10월 10일	세미나 주제발표 [포스트모더니즘의 문학적 수용] (김상환). 아리산방
	12월 25일	동인지 제11집 『누군가의 가을』 발간. 김태환 회원 가입. 유병일 회장 공로패 수여.
2016년	1월 6일	흰뫼시문학회(유영희) 고유번호증 발급(영주세무서장) 477-80-00255
	4월 30일 ~5월 1일	춘계 시낭송 및 문학대담 (소백산 연화봉 대피소).
	6월 10일	시낭송 및 서울 성북동 심우장에서 세미나 주제발표 [월러스 스티븐스의 역창조와 시적 실재](박성철). [만해의 시와 십현담주해] (김상환).
	11월 5~6일	추계 시낭송 및 세미나 주제발표 [율려 정신](박영대). [R.프로스트의 제유법/ 현묘지도](박성철). [현玄의 시학] (김상환).
2017년	2월 11~12일	총회 및 동인지 제12집 『바람의 우연』 발간. 영주 선비촌 안동 장씨 고택에서 세미나 주제발표 [하이데거와 김수영](김상환). 박성철 시인 공로패 증정.

	11월 4~5일	시낭송 및 충북 단양 산림휴양관 및 아리산방에서 세미나 주제발표 [비非의 현상학](김상환). [감정이입과 객관적 상관물](박영대). 소양희, 박정임 회원 신규 가입.
2018년	1월 27일	동인지 제13집 『오후 세 시의 다리』 발간. 김상환 시인 공로패 증정. 서울 관악구 미당 서정주의 집〈봉산산방蓬蒜山房〉방문. 세미나 주제발표 [심청전 다시 읽기](박성철). [시와 깊이] (김상환). 현대미술관 관람.
	9월 16일	양주 천일홍 축제 참관 시낭송.
	10월 21일	경북 예천 유영희 아틀리에 방문. 세미나 주제발표 [형식으로 읽는 시·시조·민조시 읽기] (박성철). [시와 실재] (김상환).
2019년	1월 20일	총회 임원 개선 (회장 유영희, 총무 박정임. 수원 호텔리츠 컨벤션웨딩홀) 및 동인지 제14집 『가을 풍경』 발간. 박영대 회장 공로패 증정.
	3월 2~3일	예천 '유영희 아뜰리에'에서 세미나 주제발표 [시형식의 작업] (박성철). [시와 생명] (김상환). 예천 용문사 홍현기 화백 & 진경자 시인 연정농원 방문.
	6월 29~30일	영주, 연정농원에서 세미나 주제발표 [바람, 하이퍼텍스트 환유의 미학] (박성철). [시의 네 가지 타입과 해석](김상환). 영주148 아트스퀘어(구, 연초제조창)에서 미술 특별전 관람.
	10월 31일 ~11월 1일	세미나 후 서울시청 시민청에서 공감시낭송회 참석. 경복궁 관람.
	12월 20일	유병일 회원 시집 『이나리강 달맞이꽃』 출판 기념회 및 시낭송회(영주축협). 이나리강 문학기행. 신입회원 박이우 입회. 참석회원: 유병일, 유영희, 김상환, 진경자, 박영대, 소양희, 박정임, 박이우, 김주안(수필가 문예비전 대표).

		흰뫼시문학 15집 출판기념회 (15집 특집, 원로시인 박찬선/박영교 초대시 게재) 및 시낭송회(예천 용문 금당실한옥 부연당). 귀농인 김미향(농학박사), 한재홍(중앙대 교수) 부부 참석 소감 발표.
		세미나 주제발표 [시작의 시점과 선택](박영대). [서정시의 아름다움과 깊이](김상환). [좋은 시 5편 감상 및 분석: 사물시. 하이퍼 시를 중심으로](박성철). 참석회원: 유영희, 진경자, 박영대, 소양희, 박정임, 김상환, 박성철, 김주안
	12월 21일	연정농원 방문 회식. 박영교 시인 참석.
2020년	3월 1일	문예비전 봄호(제115권) 동인 순례에 흰뫼시문학회 특집으로 소개. 회원 시와 해설 게재. 이후 코로나 바이러스 사태로 계획된 행사를 하지 못함.
	9월	경상북도 문예창작지원금 지원 통보.
	9월 4일	박영대. 직지 전국 시낭송대회 참가, 지정시 「천년의 꼼지락」 발표.
	10월 15일	흰뫼시문학 제16집 『적막 위에 핀 바람꽃』 (본회 창립 20주년 기념특집호) 발간.
	10월 1일	박성철. 새 정형시 민조시의 3, 4, 5조 수리 형식의 고 찰(문예비전 제16호) 발표.
2021년	2월 26일	유영희 회원 첫 시집 『적막 위에 핀 바람꽃』 출간 (청어시인선 271).
	5월 15일	소양희. 공감시낭송 예술제 참가.
	5월 17~20일	유영희전-적막 위에 핀 바람꽃(영주시민회관 전시실).
	5월 19일	김상환. 문경문학관 개관식 참가.
	5월 25일	김상환. 2021년 제16회 상화문학제 상화유적답사 출연 및 해설. 전 회원 온라인(유튜브)으로 시청.

	9월 4~16일	박영대. 경주문학인대회 참가 (목월식당) 출품.
2022년	5월 19일	박정임 회원 공감시낭송예술제 참가(봉산산방).
	6월 3일	총회 개최 임원 개선(회장 김상환, 총무 박정임). 서울 국립현대미술관 이건희컬렉션특별전 관람 (박성철, 김상환, 진경자, 유영희, 박영대, 소양희, 박정임) 후 인사동 카페에서 세미나 발표. [시작의 방법론] (박성철). [문학의 기술](김상환).
	6월 25일	박정임 회원 평통예모시낭송회 참가(채만식문학관).
	9월 29~30일	박영대, 소양희 회원 한국현대시인협회 통일문학 심포지엄 참가(산정호수 한화리조트).
	10월 30일	박성철 시집 『아름다운 날들』(월간문학사출판부) 출간.
	11월 1일	박영대/소양희 회원 한국현대시인협회 주관 제36회 〈시의 날〉 행사 참가(청소년 문화공간).
	11월 1~4일	박영대 회원 국제펜세계한글작가대회 참가 (경주힐튼호텔).
	11월 16일	김상환 회원 김춘수 시인 탄생 100주년 기념 문학콘서트 참가(대구문화예술회관 비슬홀).

흰뫼시문학 제18집

시간의 뒷모습

흰뫼시문학회 펴냄

고유번호 · 477-80-00255

1판 1쇄 발행 · 2022년 12월 20일

발 행 처 · 도서출판 **청어**
주　　소 · 서울특별시 서초구 남부순환로364길 8-15 동일빌딩 2층
대표전화 · 02-586-0477
팩시밀리 · 0303-0942-0478
홈페이지 · www.chungeobook.com
E-mail · ppi20@hanmail.net

ISBN · 979-11-6855-103-9(03810)